Violine,
la fée indigo

L'ARC-EN-CIEL magique

Violine, la fée indigo

Daisy Meadows

Traduit de l'anglais par Charlie Meunier
Illustré par Georgie Ripper

POCKET
jeunesse

Titre original :

Rainbow Magic - Izzy the Indigo Fairy

Publié pour la première fois en 2003
par Orchard Books, Londres.

Loi n° 49-956 du 16 juillet 1949 sur les publications
destinées à la jeunesse : janvier 2006.

Texte © 2003, Working Partners Limited.
Illustrations © 2003, Georgie Ripper.

© 2006, éditions Pocket Jeunesse, département d'Univers Poche,
pour la traduction française et la présente édition.

La série « L'Arc-en-Ciel magique » a été créée
par Working Partners Limited, Londres.

ISBN 2-266-14868-0

Avec des remerciements
tout particuliers
à Narinder Dhami.

Le vent souffle en bourrasque,
Toute eau se change en glace.
Moi, bonhomme Hiver, j'ai jeté le masque
Pour disperser sur la terre des mortels
Ces satanées sept fées de l'Arc-en-Ciel!

Le pays des Fées s'enfonce sous la neige.
Moi, bonhomme Hiver, j'ai jeté un sortilège:
Dorénavant et pour l'éternité
Le pays des Fées plonge dans l'obscurité!

L'ARC-EN-CIEL magique

Garance, Clémentine,
Ambre, Fougère et Marine
sont sauvées.
À présent, Rachel et Betty
doivent découvrir
Violine, la fée indigo

Un vrai conte de fées

– Va-t'en, va-t'en, la pluie! se lamenta Rachel Walker. Reviens un autre jour!

Betty Tate approuva d'un long soupir.

Épaule contre épaule, les deux amies se tenaient plantées devant la fenêtre. La pluie ruisselait sur les vitres, et de

gros nuages noirs roulaient dans le
ciel.

– Quel sale temps ! Mais ici, il fait
bon, se consola Betty.

Elle examina la petite chambre de
Rachel. Il y avait juste assez de place
pour un lit recouvert d'un édredon
multicolore, un fauteuil profond et
une vieille bibliothèque.

– Tu sais bien comme le temps
change vite, sur l'île de Magipluie !

remarqua Rachel. Ça peut se lever d'un coup!

Les deux amies étaient venues passer une semaine de vacances sur l'île et s'étaient rencontrées sur le bateau. Les Walker habitaient la villa de la Sirène, et les Tate celle du Dauphin, juste à côté.

– Oui, mais la fée indigo? dit Betty. Il faut qu'on la trouve *aujourd'hui*!

Les filles partageaient un merveilleux secret: elles avaient pour mission de rassembler les sept fées de l'Arc-en-Ciel, ensorcelées par le terrible bonhomme Hiver. Oublié au grand bal de l'Été, l'affreux personnage s'était vengé en chassant les sept sœurs du pays des Fées. Puis il les avait dispersées sur Magipluie. Or, tant qu'elles ne seraient pas toutes réunies et rentrées chez elles, le pays des Fées resterait plongé dans le froid et la grisaille.

Rachel pensa à Garance, Clémentine, Ambre, Fougère et Marine, à présent bien à l'abri dans la marmite du Bout de l'Arc-en-Ciel. Le saule les protégeait de son rideau de branches. Il ne restait plus à ramener que Violine, la fée indigo, et Lilas, la fée mauve. Mais comment faire, si la pluie les obligeait à rester cloîtrées à l'intérieur ?

– Tu te souviens de ce que nous a conseillé Titania, la reine des fées? demanda Betty.

Rachel hocha la tête.

– Oui, elle a dit: « Soyez confiantes. La magie viendra à vous », récita-t-elle, peu convaincue.

Soudain effrayée, elle reprit:

– Mais… cette pluie est peut-être un sortilège du bonhomme Hiver. Et on ne pourra plus sortir!

– Je ne crois pas, la rassura Betty. Ça va s'arrêter bientôt. Alors qu'est-ce qu'on fait en attendant?

Rachel réfléchit, puis se dirigea vers la bibliothèque de sa chambre. Les étagères croulaient sous les rangées de livres poussiéreux. Elle en choisit un, le plus grand et le plus gros.

– *Le Grand Livre des contes*, lut Betty sur la couverture.

– Si on ne peut pas chercher les fées, on peut toujours lire leurs histoires !

Les deux filles s'installèrent sur le lit et posèrent l'ouvrage sur leurs genoux. Rachel s'apprêtait à l'ouvrir quand Betty s'exclama :

– Rachel, regarde la couverture ! Elle est… violette. Ou bleu myrtille !

– Ça s'appelle *indigo*! chuchota Rachel. Oh, tu crois que la fée Violine est emprisonnée dedans?

– Je n'en sais rien. Ouvre-le!

Mais Rachel avait déjà remarqué un autre détail.

– Ça brille! dit-elle d'une voix tremblante.

Oui, une douce lueur bleutée émanait des pages, au milieu de l'album.

Avec lenteur, la fillette l'ouvrit. L'encre prune luisait sur la feuille blanche. Rachel se prit à espérer que Violine allait s'en échapper, mais il ne se passa rien.

Sur la première page, un dessin représentait un petit soldat de bois avec au-dessus, le titre: *Casse-Noisette*, en jolies lettres dorées.

Casse-Noisette

CHAPITRE 1

— Ça y est! s'exclama Rachel. Je connais cette histoire. Je suis allée voir le ballet, à Noël.

— Que raconte-t-il?

— Une fille qui s'appelle Clara reçoit pour Noël un soldat en bois, expliqua Rachel. C'est Casse-Noisette : il devient vivant et l'emmène au pays des Friandises.

Elles regardèrent l'image
colorée sur laquelle on
voyait un arbre de
Noël. Une petite
fille dormait à côté,
un soldat de bois
dans les bras.

Sur la page
suivante, des
flocons de neige
tourbillonnaient
dans une forêt sombre.

– Les images sont belles, tu ne
trouves pas ? demanda Betty. La
neige paraît si vraie…

Rachel fronça les sourcils. Non,
c'était impossible… Elle venait de les
voir tournoyer, ces flocons ! Elle hésita,
puis tendit la main pour toucher la

feuille de papier. Elle était froide et humide !

– Betty ! chuchota-t-elle. La neige ! Elle est VRAIE.

Sur sa paume, quelques cristaux fondaient.

Betty examina encore le livre, les yeux écarquillés. Les flocons tombaient

des pages
jusque dans
la chambre,
lente-
ment
d'abord,
puis de
plus en
plus vite.
Bientôt,
la tempête
fut si violente
que les deux
filles ne
voyaient plus le
bout de leur nez!
Tout à coup, elles se sentirent sou-
levées par cette tornade de neige.
Elles furent emportées…

– Je ne comprends rien! cria Rachel. On devrait se cogner contre les murs ou alors contre le plafond?

– Mais non, tu vois bien! c'est de la magie!

Et Betty saisit la main de son amie.

Au pays des Douceurs

Soudain, les flocons de neige cessèrent
leur danse. La tempête retomba aussi
vite qu'elle s'était levée. Rachel et
Betty se trouvaient au beau milieu
d'une forêt de sapins ; la neige crissait
sous leurs pieds. À coup sûr, elles
étaient bien loin de la chambre de
Rachel !

Celle-ci comprit en un éclair ce qui se passait.

– Betty, c'est la forêt de l'image! s'exclama-t-elle. On est à l'intérieur du livre!

– Tu crois que c'est le bonhomme Hiver qui nous a jetées ici? Ou ses gnomes? s'affola Betty.

Les gnomes du bonhomme Hiver étaient prêts à mille tours pour empêcher les deux filles de mener à bien leur mission.

– Je ne sais pas, répondit Rachel, soucieuse.

Une chose lui sembla étrange: il ne faisait pas froid. Cette neige, même, était bizarre…

Rachel se pencha pour l'effleurer du bout des doigts.

– Hé! s'écria-t-elle en riant, ce n'est pas de la neige… C'est du sucre glace!

– Quoi? s'étrangla Betty, interloquée.

Elle en prit une poignée et la goûta du bout de la langue. Son amie ne s'était pas trompée. Ce sucre avait d'ailleurs un délicieux petit goût vanillé!

– Les sortilèges du bonhomme Hiver n'ont rien à voir avec tout ça, déclara Rachel. Mais où sommes-nous donc?

– Qu'est-ce que c'est, là-bas ?

Betty désignait une lueur rose nacrée qui miroitait entre les arbres.

– Allons voir, décida Rachel.

Elles ramassèrent leurs sacs et se mirent en route. Ce n'était guère facile de marcher dans du sucre. Leurs tennis s'enfonçaient dans l'épaisse couche de poudre.

CRAC ! Un bruit résonna dans la forêt entière et Rachel sursauta.

– Désolée, s'excusa Betty. J'ai marché sur une branche.

– Chut… j'ai entendu des voix!

Les filles s'immobilisèrent.

– Les gnomes? frissonna Betty.

Rachel tendit l'oreille et poussa un soupir de soulagement.

– Non, ces voix sont trop douces pour être celles des gnomes.

Elles reprirent leur marche, jusqu'à une clairière. Là, elles se figèrent de nouveau. Au beau milieu se dressait une arche extraordinaire.

– Regarde, Betty! s'exclama Rachel. Elle est faite… en bonbons!

En effet, de haut en bas l'arche était bâtie de briques en guimauve, et les frêles colonnes étaient en sucre d'orge!

Soudain, on parla derrière les filles : elles firent volte-face. Deux créatures vêtues de longs manteaux blancs bavardaient en ramassant du sucre glace qu'elles entassaient dans des seaux métalliques. Leur teint rosé et leurs petites oreilles pointues leur donnaient un aspect étrange. Absorbées par leur tâche, elles n'avaient pas remarqué la présence des fillettes.

– Je crois que ce sont des elfes, chuchota Betty. Et ils ont la même taille que nous… on a encore dû rapetisser…

– Sauf que, cette fois, nous n'avons pas d'ailes.

Un des elfes leva la tête.

– Bonjour! lança-t-il, l'air étonné. D'où venez-vous donc?

– Nous sommes Rachel et Betty, expliqua Rachel. Nous avons traversé la forêt.

– Où sommes-nous? s'enquit Betty.

– À l'entrée du pays des Douceurs, répondit l'elfe. Je m'appelle Gaufrette, et voici mon frère, Cornet.

– Nous fabriquons les glaces et les sorbets, précisa Cornet. Que faites-vous par ici?

– Nous sommes à la recherche de Violine, la fée indigo, dit Betty. L'avez-vous vue?

Les deux elfes secouèrent la tête.

– Nous avons entendu parler des fées de l'Arc-en-Ciel, reprit Gaufrette. Mais le pays des Fées est très loin d'ici, de l'autre côté de l'océan Limonade.

– La fée Dragée pourrait peut-être vous aider, suggéra Cornet. Elle est aussi généreuse qu'intelligente, elle saura quoi faire. Sa maison se trouve au bout du village.

– Vous voulez bien nous conduire jusqu'à elle? demanda Rachel, enthousiaste.

– Suivez-nous, firent les elfes sans hésiter.

Rachel et Betty franchirent derrière eux la grande arche nacrée.

Là, le soleil brillait haut dans un ciel sans nuages. Des fleurs de crème fouettée poussaient au pied d'arbres en chocolat. De coquettes maisons, en guimauve ou en nougatine, bordaient la grand-rue, pavée de bonbons acidulés.

– C'est génial! s'extasia Betty. On se croirait dans une confiserie géante!

– Et tout est si appétissant! approuva Rachel.

Au bout d'une allée pralinée, une barrière de sucre candi lui mit l'eau à la bouche. Elle se retint d'en briser un petit morceau au passage.

Le village fourmillait d'elfes très occupés. Certains transportaient des seaux métalliques comme ceux des deux glaciers, d'autres de menus marteaux argentés. Il y avait aussi des bonshommes de pain d'épice, fort élégants avec leur nœud papillon et leurs boutons de raisins secs. Les deux amies croisèrent un défilé de soldats de bois, chaussés de belles bottes noires luisantes, et Rachel aperçut une petite souris de sucre rose qui se faufilait entre leurs pieds.

Les elfes les guidaient au milieu de cette foule agitée. Soudain, un bonhomme de pain d'épice surgit d'une maison en biscuit. Il bouscula Cornet en lançant d'épouvantables jurons.

– Salut, Raisiné! l'arrêta Gaufrette.
Tu sembles bien pressé…

– Que t'arrive-t-il? Tu es fâché?
ajouta Cornet.

– Nom d'un goulu crotté! Que le
Croquetout l'emporte! Voyez un peu

mon nœud papillon! fulminait le bonhomme. Il était ROUGE quand je l'ai mis à sécher ce matin!

En effet, il y avait de quoi être furieux: le nœud en question était maintenant d'un magnifique... bleu-violet!

— Violine! s'exclamèrent en chœur Rachel et Betty.

Les elfes glaciers les regardèrent d'un air perplexe.

— Cela signifie que la fée indigo est dans les parages, expliqua Rachel.

— À mon avis, il faudrait se
dépêcher de la trouver
avant qu'elle ait
des ennuis, mar-
monna Cornet.

Il fronça les sourcils
en voyant un enfant
elfe courir vers eux. La main devant
la bouche, il pouffait de rire.

— Sorbet! s'écria Gaufrette. C'est
notre petit frère, expliqua-t-elle aux
filles. Sorbet, pourquoi ris-tu bêtement?

Le bambin ôta la main de sa bouche, sans cesser de glousser. Il avait
les lèvres violettes!

– Qu'est-ce que c'est que ça ? rouspéta Cornet, inquiet.

Très content de lui, Sorbet entreprit de raconter son aventure.

– J'ai bu une gorgée à la fontaine. Toute la limonade s'écoule de ce bleu-là, maintenant. En plus, ça pique la langue ! Et puis, regardez ! Je peux faire des bulles quand je parle ! Tout est BLEU !!

Le petit elfe trépignait de joie.

– Ça fait penser à la magie des fées de l'Arc-en-Ciel, remarqua Betty.

– Où se trouve la fontaine ? s'enquit Rachel.

– Sur la place du village. Juste au coin de la rue, indiqua Cornet.

Sans plus attendre, Betty attrapa Rachel par le bras.

– Merci de votre aide, lança-t-elle aux elfes.

Les deux amies coururent aussi vite qu'elles purent jusqu'à la place.

Au centre, dans un bassin de berlingots multicolores, un dauphin de chocolat noir crachait un soda bleu nuit. C'était vraiment très joli. Mais Rachel et Betty ne s'attardèrent pas à admirer la fontaine et ses glouglous pétillants.

Une foule turbulente s'était regroupée là. Soldats de bois, elfes, bonshommes de pain d'épice, poupées

variées, tout le monde parlait en même temps – vociférait, plutôt. Un diablotin monté sur ressort bondissait d'avant en arrière, fort mécontent. L'atmosphère était électrique.

Du milieu de cette assemblée s'élevait un tourbillon de paillettes indigo. Dès que chaque éclat touchait terre, il se transformait en une goutte d'encre qui sentait bon la myrtille !

Rachel et Betty échangèrent un regard ravi. Elles savaient ce que signifiait cette poussière magique : elles venaient de découvrir une nouvelle fée de l'Arc-en-Ciel !

« Attention, danger! »

Les deux filles se frayèrent un chemin à travers la foule.

— Violine! héla Rachel. C'est toi?

— Qui m'appelle? interrogea une petite voix.

Le brouhaha se tut soudain.

Violine était perchée sur le bord du bassin. Elle avait des cheveux courts, noirs avec des reflets bleutés, telles les ailes d'un corbeau. Ses yeux bleu foncé pétillaient de malice.

Elle était vêtue d'un ensemble en jean, pantalon et blouson, semé de paillettes. À ses oreilles pendaient des chapelets de gouttes d'encre irisées. Ses souliers étaient du plus joli bleu nuit qu'on ait jamais vu. Et sa baguette indigo se terminait par une minuscule étoile argentée.

Les mains sur les hanches, la fée considérait Rachel et Betty d'un air interrogateur.

– Qui êtes-vous ? Comment connaissez-vous mon nom ? lança-t-elle.

– Je m'appelle Betty et voici Rachel. Nous sommes venues te chercher, pour te conduire auprès de tes sœurs.

– Nous avons déjà trouvé cinq d'entre vous, ajouta Rachel. Nous voulons vous aider à retourner au pays des Fées.

– On doit vous attendre avec impatience, là-bas, continua Betty.

– Bertram est avec tes sœurs… Ils ont hâte de te voir, insista Rachel.

Enfin, Violine parut convaincue et daigna réagir.

– En voilà, de bonnes nouvelles ! D'ailleurs, je commençais à m'ennuyer un peu, ici, fit-elle.

– Comment es-tu arrivée au pays des Douceurs ? voulut savoir Betty.

– Le vent m'a poussée dans la cheminée de la villa de la Sirène et, de là, je suis tombée dans l'histoire de Casse-Noisette, expliqua Violine. Depuis, je n'ai plus quitté le pays des Douceurs. Vous devez savoir que, sans mes sœurs, je ne peux pas rentrer au pays des Fées, ni briser le sortilège du bonhomme Hiver… Il faut d'abord que je revienne sur l'île de Magipluie.

Estimant sans doute en avoir assez entendu, la foule recommença à hurler et à tempêter.

– Regardez dans quel état elle a mis notre fontaine de limonade! protesta un elfe.

– Je ne l'ai pas fait  exprès, s'excusa Violine. La limonade était si tentante : j'ai voulu y goûter! Et elle s'est colorée…

– Et mon nœud papillon, alors? enragea Raisiné, qui avait suivi Rachel et Betty jusque sur la place.

– J'étais fatiguée, après avoir marché dans la forêt, se justifia Violine. Alors, j'ai emprunté ton joli nœud pour me faire un oreiller douillet.

Une ravissante poupée jouait des coudes pour s'approcher. Rouge de colère, elle s'adressa à la fée.

– Ma robe était rose, jusqu'à ce matin! Comment expliquez-vous ce bleu foncé, hein?

Cette fois, Violine baissa les yeux et bredouilla:

– Elle séchait dans un jardin. Je l'ai trouvée jolie… je l'ai essayée.

L'assistance gronda de plus belle, menaçante.

Rachel intervint rapidement.

– Attendez! lança-t-elle haut et fort. Avez-vous entendu parler des fées de l'Arc-en-Ciel et du sortilège du bonhomme Hiver?

On écouta Rachel expliquer toute

l'histoire. Quand elle eut terminé, plus personne n'était fâché.

– Je me rends compte que je me suis mal conduite, déclara Violine. Je suis désolée…

Des sourires bienveillants éclairèrent quelques visages, il y eut des murmures dans l'assistance.

— À présent, pourriez-vous nous indiquer le meilleur moyen de retourner sur l'île de Magipluie?

— La fée Dragée pourra vous aider, assura le diablotin à ressort. Vous trouverez sa maison juste après le champ de pâtes de fruits.

— Justement, nous y allions, dit Betty.

— Alors en route! s'écria Violine.

Elle s'élança sur le chemin, entraînant à sa suite les deux amies.

Rachel et Betty marchaient d'un bon pas, tandis que Violine voletait devant elles. À la sortie du village, elles découvrirent un gigantesque rocher de caramel, doré comme le miel. Des elfes en détachaient de petits éclats à l'aide de marteaux d'argent. D'autres ramassaient ces

brisures et les déposaient dans des seaux métalliques.

– Ça n'a pas l'air facile, remarqua Betty. La récolte paraît bien maigre !

Rachel jeta un œil dans le seau que portait un elfe. Betty avait raison : il ne contenait que quelques copeaux de caramel. Violine approcha à son tour.

L'elfe grommela :

– On ne s'en sort pas, aujourd'hui. Le caramel est si dur qu'on pourrait le croire gelé.

– Gelé ! s'alarma Betty. Est-ce que les gnomes du bonhomme Hiver seraient ici, au pays des Douceurs ?

Chaque fois, les gnomes s'annon-çaient par une vague de froid et par le givre.

– J'espère que non! frémit Violine, épouvantée.

Au même moment, un énorme grondement accompagné d'un grand cri – « Attention, danger! » – les fit tous sursauter. Un gigantesque ton-neau dévalait la route, fonçant droit sur eux! Deux gnomes cavalaient derrière, le visage fendu par un affreux sourire.

La marée jaune

– Cette fois, nous te tenons, Violine ! glapit l'un des gnomes.

Rachel, Betty, Violine et les elfes n'osaient plus bouger. Tous étaient pétrifiés par l'effroi. Soudain, la fée hurla :

– Vite, poussez-vous de là !

Les filles obéirent juste à temps. Les elfes lâchèrent leur seau et leur

marteau pour s'enfuir. Dans leur pré-
cipitation, ils se bousculèrent, tombant
les uns sur les autres.

CRAC! L'énorme barrique vint heur-
ter le rocher de caramel et explosa
sous le choc. Il en jaillit une marée de
sorbet au citron. La vague jaune et
poisseuse se répandit, recouvrant tout
sur son passage.

– Violine! Betty! clamait Rachel, à
demi étouffée. Où êtes-vous?

– Moi… atchoum! ça va! fit Betty.

– AU SECOURS!

C'est alors que Betty entendit l'appel affolé de Violine. Mais elle ne la voyait pas au milieu de ce flot glacé.

– Au secours! s'époumona de nouveau la fée. Les gnomes m'ont attrapée!

Sa voix faiblissait déjà.

– Vite, Rachel! réagit Betty. Les bourses magiques!

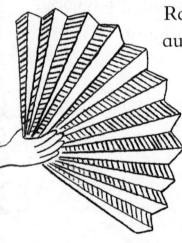

Haletante, Rachel ouvrit son sac à dos. Titania, la reine des fées, leur avait donné à chacune une bourse enchantée. À plusieurs reprises, l'une ou l'autre leur avait été une aide précieuse.

Rachel prit la bourse aux mailles d'argent. Une douce lueur semblait palpiter à l'intérieur. Elle en sortit un éventail et, perplexe, le déplia. Il avait des couleurs magnifiques, avec des rayures rouges, orange, jaunes, vertes, bleues, indigo et mauves.

Rachel réfléchit un instant, puis décida de l'agiter devant la mer de sorbet.

Plouf! D'un seul coup, le sorbet disparut. Soufflé!

– Waouh! Quel drôle d'éventail!

Ébahie, Rachel regardait fondre les dernières traces jaunâtres.

— Ils sont là-bas! Je les vois! cria
Betty.

Les gnomes avaient ligoté Violine,
sans lésiner sur la corde qui entravait
ses chevilles. Ils l'entraînaient sur la
route, la portant presque.

— Il faut la sauver, coûte que coûte,
déclara Rachel.

Elle replia l'éventail, qu'elle glissa
dans sa poche.

— Viens, Betty!

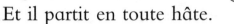

— Je vais prévenir la fée Dragée, dit l'un des elfes.

Et il partit en toute hâte.

Rachel et Betty s'élan-cèrent aux trousses des gnomes. Ils avaient une longueur d'avance, mais Vio-line les ralen-tissait à force de se débattre.

Le chemin passait entre les champs de sucreries. Les pieds de pâtes de fruits, bien alignés, étaient couverts de confiseries rouges, jaunes, vertes, brunes. Les elfes les ramassaient dans de grands paniers.

Soudain Rachel vit que les gnomes regardaient les champs bariolés d'un air gourmand. L'un d'eux finit même par s'arrêter. Il se pencha par-dessus la barrière et s'empara d'une poignée de sucreries à sa portée.
Le second l'imita.

– Miam! s'écria le premier, qui enfourna le tout dans sa bouche.

– Quels goinfres! fit Rachel.

– Oui, mais ça nous donne une chance de les rattraper, répondit Betty, tout essoufflée.

Mécontents, les elfes qui travaillaient dans les champs se fâchèrent contre les voleurs. Mais les gnomes ne se laissèrent pas intimider. Ils continuaient à manger tout ce qu'ils trouvaient sur leur chemin, cueillant les friandises d'une main et tenant Violine de l'autre.

– J'ai une idée, chuchota Rachel à Betty.

Sur le bord de la route étaient posés plusieurs paniers remplis de confiseries. Vite, elle en prit un et le tendit vers les gnomes.

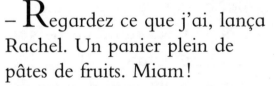

– Regardez ce que j'ai, lança Rachel. Un panier plein de pâtes de fruits. Miam !

Les gnomes lorgnèrent le panier. L'un d'eux commença même à en baver d'envie ! Il était dégoûtant !

Violine adressa un clin d'œil aux deux filles : elle avait très bien compris la manœuvre.

– Ces pâtes de fruits ont l'air délicieuses, déclara-t-elle. J'aimerais bien en manger une...

– Ferme-la ! coupa le gnome au plus gros nez. Toi, ordonna-t-il à son compagnon, tu tiens la fée pendant que je vais chercher le panier.

– Pas question ! protesta l'autre. Tu vas tout manger. C'est toi qui tiens la fée, et moi qui récupère le panier.

– Sûrement pas ! rugit Gros-Nez. Je te vois venir, patate !

Ils se défièrent du regard, avec des grincements de dents. Puis, soudain, les deux compères lâchèrent Violine pour se précipiter vers Rachel. Celle-ci leur lança plein de confiseries et recula aussitôt. Les gnomes s'accroupirent

pour ramasser les friandises éparpillées.
Dès qu'ils se relevèrent, Rachel en jeta
une poignée entière vers le bas de la
colline, le plus loin possible de Violine.

Ni une ni deux! Incapables de résis-
ter à leur gourmandise, les gnomes se
lancèrent à la poursuite des pâtes de
fruits qui roulaient dans la pente.

Tandis qu'ils étaient occupés à s'em-
piffrer, Betty se dépêcha de dénouer
les liens de la fée.

— Tu n'es pas blessée? demanda-t-elle.

— Non, non, fit Violine. Merci!

Elle se massa les pieds, puis les chevilles.

Rachel posa le panier à terre. Les gnomes se jetèrent dessus goulûment. Ils se disputèrent les restes: coups et insultes pleuvaient!

Pendant ce temps, Rachel avait rejoint Betty et Violine.

– Partons d'ici, vite ! dit-elle.

Tout à coup on entendit un batte-ment d'ailes assourdissant. Rachel leva les yeux : un immense papillon pourpre et or les survolait. Une jeune femme le chevauchait, assise à cali-fourchon. Sa longue chevelure rousse voltigeait autour d'elle.

Le papillon se posa en douceur. La femme descendit de sa monture et sourit à Violine et aux deux filles. Elle était coiffée d'un diadème et vêtue d'une longue robe turquoise.

– Bonjour, salua-t-elle. Je suis la fée Dragée.

Elle dévisagea d'un air sévère les gnomes affalés près du panier vide.

– Que faites-vous au pays des Douceurs ? interrogea-t-elle.

Pas de réponse…
Les affreux glou-
tons se tenaient
le ventre à deux
mains en gémis-
sant à qui mieux
mieux.

– Oooh! pleurnichait Gros-Nez, j'ai mal!

– J'ai envie de vomir… geignait l'autre.

– Les pauvres… Ils ont mangé trop de pâtes de fruits, expliqua Violine.

Son visage s'éclaira d'un sourire espiègle.

La fée Dragée semblait de plus en plus fâchée.

– Vous méritez une bonne leçon, déclara-t-elle aux gnomes.

– Ils ont su les voler… Ils devraient pouvoir les ramasser! suggéra Violine.

– Excellente idée, approuva la fée Dragée.

– Ça ne me paraît pas une punition bien méchante, chuchota Betty à Rachel.

– Regarde la tête qu'ils font! rétorqua celle-ci.

Visiblement, rien qu'à l'idée d'approcher des pâtes de fruits, les gnomes se sentaient l'estomac retourné! Ils tentèrent de se lever, espérant sans doute s'enfuir. Mais la fée Dragée agita un petit grelot sorti de sa manche, et plusieurs elfes accoururent aussitôt. Ils encadrèrent les condamnés et les menèrent dans un champ tout proche. Là, ils donnèrent à chacun un panier vide. Avec mille grimaces, les gnomes se mirent au travail.

– Bien fait pour eux ! s'exclama Violine, ravie.

Mais une ombre passa sur son joli visage.

– Mes sœurs m'attendent, se souvint-elle. Je dois les rejoindre !

– Pourriez-vous nous aider à retourner sur Magipluie ? demanda Rachel à la fée Dragée.

– Oui. Vous pouvez rentrer chez vous en montgolfière ! annonça la gracieuse fée.

De sa baguette, elle décrivit des cercles au-dessus du panier vide. Au grand étonnement de Rachel et  Betty, celui-ci commença à grandir, grandir, grandir.

– Voici déjà la nacelle, dit Dragée.

– Et… le ballon? s'enquit Rachel.

La fée désigna un grand arbre, couvert de fleurs roses.

– Comme c'est joli! s'écria Betty.

Elle s'en approcha un peu pour mieux l'admirer. Et elle éclata de rire.

– Ce ne sont pas des fleurs! Mais des chewing-gums!

– Je ne vois pas le rapport avec le ballon, fit Rachel, perplexe.

– Faites-moi confiance! déclara Violine.

Ses yeux brillaient de malice. Elle cueillit une des fleurs de chewing-gum, la mit dans

sa bouche et entre-
prit de mâcher avec
énergie.

Puis, les joues gon-
flées, elle souffla. Souffla,
souffla… une énorme bulle
de chewing-gum rose.

Plus elle soufflait,
plus la bulle en-
flait. Elle finit
par les dépasser !
Rachel et Betty
n'en avaient jamais
vu d'aussi gigantesque !

Violine ôta la bulle de sa bouche et
fit un nœud au bout.

– Voici un ballon idéal !
s'exclama-t-elle. Maintenant,
nous voilà prêtes à partir.

Rachel et Betty échangèrent un sourire radieux. Quel merveilleux moyen de transport pour rentrer à Magipluie !

Les elfes qui travaillaient dans les champs et ceux qui les avaient suivies depuis le village les aidèrent à fixer le ballon au panier-nacelle. Puis Rachel, Betty et Violine grimpèrent dedans.

La fée Dragée agita sa baguette : une pluie de paillettes dorées enveloppa la montgolfière improvisée.

– Voilà qui vous mènera jusqu'à l'île, assura-t-elle. Au revoir et bonne chance !

– Merci ! crièrent Rachel et Violine.

Betty, quant à elle, était très in-
quiète :

– Il n'y a pas de vent! Nous ne
pourrons jamais décoller!

Retour mouvementé

Rachel observa les feuilles de l'arbre à chewing-gums. Betty avait raison. Elles ne frémissaient même pas : aucun souffle d'air, pas la moindre brise.

– Rachel, susurra la fée Dragée, tu ne te rappelles plus ce que tu as dans ta poche ?

– Ah, bien sûr ! s'écria la fillette. L'éventail magique !

Elle le sortit et le déplia. Puis elle l'agita sous le ballon avec ardeur.

Chchch ! Ballon et nacelle s'élevèrent dans le ciel, portés par le courant d'air enchanté.

– Au revoir ! lança Betty.

Elle salua de la main la fée Dragée et tous les elfes rassemblés.

– Merci de votre aide ! s'exclama Violine. Et pardonnez-moi d'avoir provoqué un tel désordre ! ajouta-t-elle.

(Ce qui n'empêcha pas la fée taquine de rire en cachette au souvenir de ses plaisanteries.)

Le ballon prit peu à peu de la hauteur. Plus il s'élevait, plus le vent forcissait. Rachel cessa donc d'agiter l'éventail. D'épais nuages sombres s'amassèrent alors, menaçants.

– On sera bientôt chez nous, tenta de se rassurer Rachel.

Personne ne répondit. Le vent soufflait en rafales violentes, désormais. Les nuages noirs tourbillonnaient – impossible de savoir quel abîme elles survolaient! Les bourrasques secouaient la nacelle en tous sens. Violine et les deux filles s'agrippaient les unes aux autres, les paupières serrées pour ne plus rien voir de ce cauchemar.

Puis d'un seul coup, le vent retomba.
Le ballon cessa de se balancer. L'air
se réchauffa…

– Nous sommes arrivées ! s'écria
Betty en ouvrant les yeux.

En effet, elles étaient de nouveau
dans la chambre de Rachel, à la villa
de la Sirène. La montgolfière avait
disparu. Le livre de contes traînait

par terre, ouvert à la page de *Casse-Noisette*.

– Mais où est Violine? s'inquiéta Rachel.

– Ici! fit une voix coquine.

La fée indigo jaillit de la poche de Rachel et voleta à travers la pièce. De ses ailes moirées pleuvait une nuée de paillettes indigo. Elles répandaient un délicieux parfum de myrtille.

Betty ramassa le livre. Elle tourna les pages jusqu'à tomber sur une illustration du pays des Douceurs.

– Quel dommage de n'avoir pas goûté un seul de ces bonbons! regretta-t-elle.

Alors, un léger nuage de sucre glace s'échappa d'entre les pages. Puis une pluie de pâtes de fruits multicolores tomba sur le lit de Rachel.

– Sans doute un cadeau de la fée Dragée! dit Violine en riant.

Les deux filles goûtèrent chacune une friandise. Elles étaient petites mais si bonnes!

– Miam! se régala Violine à son tour. On pourrait en prendre pour mes sœurs?

– Allons-y tout de suite, décida Rachel.

Elle remplit ses poches et regarda Betty, heureuse. Une nouvelle fée de l'Arc-en-Ciel était sauvée. Et, une fois encore, elles avaient échappé aux gnomes. Sans compter qu'elles avaient voyagé à l'intérieur d'un conte de fées !

À présent, une seule des sept sœurs manquait à l'appel…

L'ARC-EN-CIEL
magique

Toutes les fées de l'Arc-en-Ciel
sont rassemblées, sauf une.
Or, elles ne pourront jamais
recouvrer la totalité
de leurs pouvoirs magiques
sans

Lilas, la fée mauve

Table des matières

L'ARC-EN-CIEL magique

Rachel et Betty
réussiront-elles à libérer
Lilas?

Pour le savoir,
lisez

Lilas,
la fée mauve

Des livres plein les poches, des histoires plein la tête

Le ruban messager

– C'est notre dernier jour de vacances! s'exclama Rachel Walker. Je
n'arrive pas à y croire!

La fillette suivait des yeux son cerf-
volant: il virevoltait dans le ciel, avec
sa ribambelle de petits nœuds qui
dansaient au gré du vent.

Betty Tate, son amie, admirait elle aussi le losange mauve au-dessus du pré, derrière la villa de la Sirène.

– Et nous devons encore délivrer Lilas! rappela-t-elle à son amie.

Pour se venger de n'avoir pas été invité au grand bal de l'Été, le bonhomme Hiver avait jeté un sort aux sept fées de l'Arc-en-Ciel. Bannies du pays des Fées, les sept sœurs avaient été dispersées sur l'île de Magipluie. Or, sans elles, le pays était privé de ses couleurs; il s'enfonçait dans le froid et la grisaille!

[…]

À suivre…

Découvre vite, dans la collection

L'ARC-EN-CIEL
magique

Retrouve

tes héros préférés

et gagne

des cadeaux sur

www.pocketjeunesse.fr

- ◀ toutes les infos sur tes livres et tes héros préférés
- ◀ des jeux-concours pour gagner des livres et plein d'autres cadeaux
- ◀ une newsletter pour tout savoir avant tes amis

POCKET
jeunesse

Composition : Francisco *Compo*
61290 Longny-au-Perche

Impression réalisée sur Presse Offset par

BRODARD & TAUPIN

GROUPE CPI

La Flèche (Sarthe), le 31-08-2006
N° d'impression : 36634

Dépôt légal : janvier 2006

Suite du premier tirage : septembre 2006

Imprimé en France

12, avenue d'Italie

75627 PARIS Cedex 13